AF389760

Ludwig Aurbacher

Geschichte des Doctor Faustus
(Klassiker der Spiritualität)

e-artnow 2018

Leseempfehlungen (als Print & e-Book von e-artnow erhältlich)

Richard Wilhelm
100 Chinesische Märchen mit Illustrationen (Das Zauberfaß, Der Panther, Das grosse Wasser, Der Fuchs und der Tiger, Der Feuergott, Morgenhimmel und mehr)

Gottfried Keller
Spiegel, das Kätzchen (Fantasy-Klassiker)

Stanislaw Przybyszewski
Satans Kinder

Marie Petersen
Die Irrlichter

Marie Petersen
Prinzessin Ilse

Prosper Mérimée
Lokis

Theodor Storm
Der Schimmelreiter

Peter Christen Asbjørnsen, Jørgen Moe
Gesammelte Norwegische Volksmärchen

Jeremias Gotthelf
Die schwarze Spinne (Horror-Klassiker)

Heinrich Schreiber
Volkssagen: Die Legenden der Stadt Freiburg im Breisgau und ihrer Umgegend

Ludwig Aurbacher

Geschichte des Doctor Faustus (Klassiker der Spiritualität)

Die Bestrebungen einzelner Männer durch Hilfe der Magie und des Bösen in die Geheimnisse der Natur tiefer einzudringen

e-artnow, 2018
Kontakt: info@e-artnow.org

ISBN 978-80-273-1128-6

Inhaltsverzeichnis

Erstes Kapitel.

Es war Samstag in der stillen Woche. Die Gläubigen rüsteten sich, bei Arbeit und Gebet, in wehmüthigem Rückblick auf des Erlösers Tod, und in sehnsüchtigem Hinblick auf dessen Ur-stände, zum kommenden Feste, zu den fröhlichen Ostern. – Indessen saß zu Hause in seiner Arbeitsstube Doctor Faustus zu Wittenberg, in schwermütigen Gedanken versunken. Die hei-lige Woche, die Gnadenzeit, hatte er auf eine unheilige Weise zugebracht. Statt frommen Be-trachtungen und andern Geistesübungen obzuliegen, vertiefte er sich in weltlichen Büchern und Dingen, und brütete über zauberischen Worten und Zeichen. Zerfallen mit seinem Gott, dem Schöpfer und Erlöser, wandte er sich an die Natur und an den Fürsten dieser Welt, der ihn mit dem alten Lockworte: »Ihr werdet sein, wie die Götter,« ganz und gar bezaubert hielt. In dieser Verblendung, ohne Beicht und Buße, hatte er sich von dem Liebesmahle der Christen, und sohin von der christlichen Gemeinde selbst ausgeschlossen. Und der Tag der Erinnerung an den Versöhnungstod des Gottmenschen, er war in seiner Seele vorübergegangen, wie eine gespenstige Erscheinung, die nur Grauen erregt und Entsetzen. So traf ihn der stille Sabbaths-tag über seinen Büchern, in deren Erforschung er Ruhe und Heil zu finden hoffte. Aber bald verwirrten die Zauberformeln seine Sinne; das Bewußtsein seiner schweren Schuld umnachtete wieder die Seele; es litt ihn nicht mehr in der engen dumpfen Stube. Er raffte sich auf, und eilte fort, auf das Feld, in den Wald. Die Luft wehte erquicklich; der Himmel prangte im schönsten Blau. Lerchen jubilirten in den freien, frischen Lüften; Rehe scherzten im blühenden Gesträu-che; Fischlein schwammen gar wohlig im nassen Grunde; die ganze Natur feierte ihre Hochzeit, den Lenz. Inmitten dieser Freudigkeit, die alle Creaturen durchdrang, fühlte sich Faustus allein trost- und freudenleer. Wenn er aufschaute zum Himmel, so sah er nur seine Sündhaftigkeit und Verworfenheit; und wenn er um sich schaute, so gewahrte er nur seine Armuth und seine Verlassenheit. Er seufzte tief auf, und sprach: Armes Menschenkind! wie klein, wie schwächlich und ärmlich bist du, der sich den Herrn der Welt nennt, gegen diese Welt selbst und gegen Jegliches, was sie beschließt und hervorbringt! Sicher ruhet des Himmels Veste auf dem ewi-gen Grunde. Ungehemmten Laufes ziehen die Gestirne herauf und hinab, und kehren wieder zu ihrer Stunde. Wolken entstehen und vergehen in immer wechselnden und immer neuen Gestalten. Die Berge wurzeln unerschütterlich in den Tiefen der Erde, und die Flüsse finden ihre Bahn in die Länder hinaus. Die Sperlinge haben ihr Futter, und die jungen Raben ihre Aetzung. Die Lilien, sie nähen, sie weben nicht, und doch prangen sie schöner in ihrem Kleide, als der König auf seinem Throne. Nur du, o Mensch, bist verwahrloset, verkürzt in Allem, was du wünschest, was du bedarfst. Nackt und bloß kommst du in die Welt, und zermartert und gebrochen sinkst du in die Grube. Das Wild des Waldes hat mehr Freiheit und Freude, und der Wurm, der getretene, weniger Schmerz, als du. Dein Leben ist kein Leben; es ist nur ein kümmerliches Dasein. Das Brod, das du genießest. trieft vom Schweiße deines Angesichtes, und der Trank, der dich erquicken soll, er ist getrübt von den Thränen des Jammers. Was du besitzest, ist ein Darlehen der Natur; ein Darlehen, das du ihr gewaltsam entreißen oder li-stig entwenden mußt. So bist du, armes Menschenkind, auf deine eigene Unmacht angewiesen, und dein Elend ist um so größer, da du es so ganz fühlen und erkennen magst mit deinem Geiste. Denn dieser dein Geist, welchen Ersatz bietet er dir für das, was du vermissest, gegen die Geschöpfe, die du vernunftlos nennest? Eine Freiheit, welche dir deine Gebundenheit erst recht fühlbar macht; eine Vernunft, die dich mit ewigen Zweifeln peiniget und mit unauflös-baren Räthseln abmühet; eine Sehnsucht, die nie befriedigt wird; eine Hoffnung, wofür keine Bürgschaft gegeben ist; eine Liebe, die keinen Gegenstand findet, der würdig genug wäre, zu empfangen, und kräftig genug, um nach Verdienst zu erwiedern. Unglücklicher! wer du immer Mensch heißest! Armseliges Kind der Wüste, das der Vater verstoßen und die Mutter nicht aufgenommen hat!« – Also klagte und frevelte der verblendete Faustus. Und wie einer, der an Rettung verzweifelt, gegen seine eigenen Eingeweide wüthet, und sein Leben zerstört, nur um des Lebens unerträgliche Qual zu enden, so zermarterte er mit grausamer Lust seine Seele mit finstern, der Hölle entstiegenen Gedanken.

Zweites Kapitel.

Nach einem wild durchschwärmten Tage kam Doctor Faustus spät, bei finsterer Nacht, in seine einsame Wohnung zurück. Die Bücher mit jenen zauberischen Worten und Zeichen lagen noch aufgeschlagen, wie er sie verlassen hatte. In ihrer Erforschung und Anwendung war ihm das Mittel aufgeschlossen die tiefste und innerste Macht der Natur zu beschwören, daß sie ihm zu Willen sei in Allem, was er zu wissen oder zu thun wünschte. Er stellte sich in stolzer Freiheit zwischen Gott und die Natur; und er entschied. Er sprach:»Ich habe mich eifrig bestrebt, dich zu suchen und zu finden, von Jugend an bis auf diese Tage. Aber je mehr ich dich gesucht, desto weiter hast du dich entfernt; und indem ich dich zu finden, zu halten geglaubt, da hielt und umarmte ich ein Gemächte meines Gehirns und ein Trugbild meines Herzens. Willst du, erhabener Geist, dem Geiste nicht erscheinen, so bleibe mir denn unbekannt und ungeliebt. In Demuth und Glauben naht sich kein Geist dem Geiste, und ich bin dir gleich.« Nach diesen Worten frechen Uebermuthes hinterlegte er die Bibel in die hinterste Ecke seiner Bücherei, und er nahm das Zauberbuch Zoroasters hervor. Ein geheimer Schauder durchzuckte ihn, als ob die Seele sich losreißen wollte von der Seele. Er aber verharrte in seinem Frevelmuthe, und sprach: »Nein! ich will nicht länger mich peinlichen Täuschungen hingeben. Was frommen mir jene Verheißungen, die mich auf eine Zeit getrösten, wo ich nicht mehr bin? Ich will leben, so lange ich lebe; und die Welt, die meine Behausung ist, sie sei mir auch eine Wohnung der Lust und der Freude. Alles Angenehme, was mein Fleisch begehrt, alles Schöne, was meine Sinne verlangen, Alles, was das kurze Leben sich wünschen mag an Schätzen, an Ehre und Macht, das sei mein Antheil fürderhin.« Er schloß das Zauberbuch jenes Magiers auf, und sagte: »Hier, in diesen geheimnißvollen Blättern wird mir ein anderes Reich aufgethan, als jenes erträumte; und der Fürst der Welt, auf den mich dieses Wort anweiset, er stellt seine Gewalt unter die Macht meines Willens; und, um mich mit seiner Nothwendigkeit zu beglücken, verlangt er kein anderes Opfer, als meine arme, unmächtige Freiheit.« – Alsbald verließ Doctor Faustus seine Wohnung und ging ins Freie; hier zog er auf einem Kreuzwege die Zauberkreise, und bereitete Alles zum furchtbaren Höllenzwange. – Indem er noch mit dem Werke der Finsterniß beschäftigt war, schlug die Mitternachtsstunde. Es ertönten die Glocken zur Ostermette, und aus dem Munde der versammelten Christengemeinde erscholl weithin der fröhliche Ostergesang: »Christ ist erstanden,« und in die Herzen von Tausenden fiel erquicklich der Himmelsthau der Freude ob der vollendeten Erlösung und der Hoffnung auf eine lohnende Unsterblichkeit. – Doctor Faustus vernahm von allem dem nichts, was außerhalb seiner Zauberkreise vorging. Einzelne Töne schlugen wol an sein betäubtes Ohr, aber sie klangen wie Töne einer gespalteten Krystallglocke, wie die verlorenen Seufzer einer verlassenen Braut, wie das letzte Gewimmer einer gemordeten Unschuld. – Nun that er seine fürchterliche Beschwörung, wobei er Gottes heiligen Namen selbst mißbrauchte: und alsbald erschien ihm, unter Sturmgebrause und der Elemente Aufruhr, der Fürst der Welt, gräulichen Ansehens, der ihm versprach, er wolle ihm einen seiner Knechte senden, daß derselbe einen Pact mit ihm abschließen, und ihm, Fausto, sodann zu Diensten stehen solle auf Leben lang. Das ist denn auch geschehen. Denn als Doctor Faustus in seiner Wohnung angekommen, meldete sich alsogleich der dienstbare Geist, der sich Mephistopheles nannte, und er schlug ihm einen Pact vor, des Inhalts: »Faustus solle versprechen und schwören, daß er sein, des Geistes, eigen sein wolle, und daß er solches zu mehrerer Bekräftigung mit seinem eigenen Blute gegen ihn verschreiben solle; dagegen wolle der Geist ihm, Fausto, vierundzwanzig Jahre zum Ziel setzen, und er sollte inzwischen alles das haben, was sein Herz gelüstete und begehrte; nach Verlauf jener Zeit aber solle er der Gewalt des Satans verfallen sein.« Doctor Faustus willigte sofort ein, und schickte sich sogleich an, eine Ader in der linken Hand zu öffnen. Da däuchte es ihm, als sehe er eine Schrift eingegraben, mit blutrothen Buchstaben: **Homo fuge**, das ist: Mensch, fliehe! Aber Faustus kehrte sich nicht daran, sondern schrieb den Pact nieder, und unterzeichnete zuletzt mit eigenem Blute: Johannes Faustus.

Drittes Kapitel.

Es war aber dieser Doctor Faustus der Sohn armer, jedoch frommer Bauersleute in Sachsen. Noch als kleiner Knabe kam er nach *Wittenberg,* wo ihn ein Vetter, der keine Leibeserben hatte, an Sohnes Statt annahm, und ihn fleißig zur Schule und zur Kirche hielt. Der junge Faust war auch eines so gelernigen Kopfes, daß er allen seinen Mitschülern den Vorrang ablief. Auf Anrathen seiner Lehrer widmete er sich daher der Gottesgelahrtheit, und er brachte es in dieser Wissenschaft so weit, daß er in öffentlichem Verhöre zehn Magistris obsiegte, weshalb er die Ehre und Würde eines Doctors der Theologie erhielt. Allein, wie gar Vielen geschieht: die Wissenschaft blähte ihn auf; er hatte Gefallen an eitlem Geschwätz und an Fabeln, vor welchen der Apostel warnt; und er vergaß oder erwägte nicht, daß der Anfang der Weisheit die Furcht Gottes sei. Kein Wunder daher, daß die heilige Schrift, die den Einfältigen im Geiste eine Quelle des Trostes ist, ihm bald zur wasserlosen Cisterne geworden, aus welcher er seinen Wissensdurst vergebens zu stillen trachtete. Er legte sie darum mißmuthig bei Seite, und wandte sich zu den weltlichen Wissenschaften, und forschte in den Sternen, in den Kräutern, Metallen und Steinen, in Allem, was die Natur in großen Erscheinungen aufweiset, und an geheimen Kräften verbirgt. Es sagte ihm dies Alles von Tag zu Tag immer mehr zu; denn während sein unsinniger und hoffärtiger Kopf seine Lust hierin fand, entdeckte sein begehrliches Herz zugleich die Mittel, um seine Gelüste zu befriedigen in diesen weltlichen Dingen. – Man lieset in alten Chroniken, daß in denselben Tagen viele Männer, die der Wissenschaften pflegten, auf verderbliche Irrwege gerathen seien, und zuletzt ein jämmerliches Ende gefunden haben. Es war nämlich schon seit langer Zeit das Heidenthum eingedrungen in die Christenheit, und hatte die Wißbegierde feiner Köpfe auf sich gezogen, und ihre Neigung gewonnen. Wahrhaft fromme und verständige Männer ließen sich zwar freilich nicht bethören durch die verführerischen Zeichen der Zeit, sondern sie benützten sie vielmehr gar wohl zu guten und löblichen Zwecken. So jener Albertus, der Große genannt, welcher, die heidnische Wissenschaft mit der christlichen Weisheit versöhnend, die Kräfte der Natur zu erforschen und anzuwenden suchte zur Verherrlichung Gottes und Erbauung der Menschheit. Oder wie Theophrastus Paracelsus, der Meister in den natürlichen Wissenschaften; denn, indem ihm einleuchtete, daß der Mensch, als eine kleine Welt, an das große Weltall gebunden sei, so suchte er auszukundschaften, wie unser sterblicher Theil sich frei erhalten könnte von der Elemente bösen Einflüssen, und sich wieder herstellen möge von Unglück, Krankheit und Siechthum aller Art. Die meisten aber kannten in ihren Forschungen weder Maß noch Ziel; denn in geistlichen Dingen verleitete die einen Hochmuth und Stolz, daß sie mit frevelm Witze Gottes Wort und Kraft eine Deutung und Anwendung gaben, welche den heiligen Ueberlieferungen und den Satzungen der Väter zuwiderliefen; und in den weltlichen Dingen trieb die andern gemeine Begierde und sinnliche Lust an, in die geheimste Werkstätte der Natur einzudringen, und zu erforschen, wie das eitle, gleißende Gold erzeugt werden könne, und der ewig verjüngende Lebenstrank. Ja, einige, wie jener Agrippa von Nettesheim, gingen in ihrer Verblendung und Verruchtheit so weit, daß sie das Wort Gottes und die Kraft des Himmels selbst dazu mißbrauchten, um den Satan, in dessen Macht die Natur seit dem Sündenfalle gegeben ist, zu zwingen, daß er ihnen die Schätze der Unterwelt und der Hölle aufthue. Sie trieben – wovor Gott alle Christenmenschen gnädiglich bewahren wolle! – die schwarze Kunst, die finstern Werke der Zauberei, und ergaben sich, auf daß ihnen der Böse dienstbar sei in der Zeit, der Dienstbarkeit des Bösen in alle Ewigkeit. – Dies war und ist auch die Geschichte von Doctor Faustus, und sie schwebt uns als ein trauriges Exempel vor unsern Augen. Aber weder er, noch die ihm folgen, verdienen Entschuldigung. Denn es steht geschrieben: »Niemand kann zwei Herren dienen.« Und: »Du sollst Gott deinen Herrn nicht versuchen.« Wiederum: »Was nutzt es dem Menschen, wenn er die ganze Welt gewänne, aber an seiner Seele Schaden litte?« – »Wer aber des Herrn Willen kennt und nicht thut, der wird zwiefach gezüchtiget werden.«

Viertes Kapitel.

Seit Doctor Faustus den Bund mit dem Teufel gemacht, gewann er alles erdenkliche Vergnügen, Ehre und Ansehen vor der Welt und den Menschen. Sein dienstbarer Geist Mephistopheles erfüllte jeden seiner Wünsche; ja, er wußte es so zu machen und zu ordnen, daß ein Gelüste das andere hervorrief, und daß das Labsal, welches den Hunger und Durst des Leibes und der Seele stillte, einen Hunger und Durst nach größern und fernern Genüssen in ihm erregte. Am liebsten hielt sich Doctor Faustus zu Hause, und in Gesellschaft von gleichgesinnten Genossen. Seine Wohnung war reich an Schmuck von Silber und Gold, wie der Palast eines Fürsten. Sein Garten trug Jahr aus, Jahr ein, die seltensten Früchte jeder Art; es herrschte darin, zur Verwunderung Aller, ein ewiger Frühling. Wenn er zu Tische saß mit seinen Freunden, so standen die auserlesensten Speisen und Getränke in Bereitschaft; und, so viel sie zechen mochten, der Vorrath konnte doch nicht erschöpft werden an cyprischen und albanischen Weinen und an kostbaren ausländischen Früchten jeder Art. Dies Alles hat der dienstbare Geist herbeizuschaffen gewußt. Mit Hilfe dieses Geistes unterhielt auch Doctor Faustus seine Gesellen, die er um sich versammelt hatte zu eitler Lust, mit allerhand Gaukel- und Mummenspiel. Einmal war der Saal voll von Vögeln, welche das lieblichste Concert sangen, daß man glaubte, ins Paradies selbst versetzt zu sein. Ein anderes Mal gestaltete sich vor ihren Augen gleichsam ein lebendiger Garten von buntfarbigen und wohlduftenden Blumen, die sich in gar mannichfaltigen Weisen verwickelten und wieder auflösten, und wie in einem künstlichen Reihen hin und her bewegten zu sonderheitlicher Ergötzung des Auges. Die Zeit aber, welche sie nicht mit Bankettiren zubrachten, verkürzten sie mit Disputiren über allerlei Materien göttlicher und weltlicher Wissenschaften: Himmel, Hölle, Welt, Gott, Teufel, Ewigkeit, Seele und Seligkeit. Wie es jedoch zu geschehen pflegt, wenn ein Blinder den Blinden führt, so fallen beide in die Grube. Und da sie das göttliche Wort, darin allein Wahrheit zu finden ist, bei Seite gethan und verachtet, ja verspottet haben, so waren es lauter Trugbilder ihrer verkehrten Einbildungskraft, und eitle Götzen ihres verderbten Herzens, welche sie in dem selbstgemachten, unheiligen Tempel aufstellten, und allda verehrten und anbeteten. – So verlebten sie denn so manches Jahr in einem fortwährenden Rausche von Vergnügungen. Doctor Faustus war der Einzige, der noch einige Augenblicke gewann zu nüchterner Ueberlegung. In solchen Zeiten erkannte er das Eitle, das Nichtswürdige seines Thuns und Treibens; aber er vermochte nicht, sich loszureißen von Gesellen, die er verachten mußte, und von Genüssen, die ihn nimmermehr ersättigen konnten. So fühlte er sich denn unglücklich mitten im Glücke. Vor den Menschen aber und in der Welt galt er allgemein als ein gelehrter, wohlerfahrner, hochbeglückter Mann. Arme drängten sich herbei; Kranke suchten Hilfe bei ihm; Reiche buhlten um seine Gunst. Er half überall, und tröstete, und rieth aufs Beste, während er selbst ohne Rath und Trost und Hilfe war. – Soll ich noch Meldung thun, daß es bei dem wüsten Leben dieser Leute nicht an leichtfertigen Dirnen gemangelt habe? Wo Raben sich versammeln, da liegt auch Aas. Aber Gemeines wird auch bald gemein. Es geht die Sage: Doctor Faustus habe um diese Zeit einem schönen und sittsamen Töchterlein ehrbarer Leute nachgestellt, und er habe dieselbe, durch Hilfe einer Kupplerin und durch reiche Geschenke und betrügerische Versprechungen, bethört und zu Fall gebracht; darauf, als sie Mutter geworden, sei sie von dem Treulosen verlassen worden, und in der Verzweiflung habe nun das arme Mädchen ihr eigenes Kind getödtet, wofür sie die Strafe einer Kindesmörderin habe erleiden müssen. Es ist diese Geschichte ganz glaubwürdig. Denn der Teufel wird schon gesorgt haben, daß jenes Wort, das Faustus gegeben, durch eine That besiegelt werde. Wer aber auch nur eine Seele auf seiner Seele hat, der trägt schon den Keim in sich zur endlichen Verdammniß.

Fünftes Kapitel.

Endlich war Doctor Faustus dieses Lebens und Lärmens ganz müde und satt. Seine Seele glich schier einer wild-schauerlichen Höhle, die, während sie einen frischen, für Nahes und Fernes erquicklichen Quell ergießt, selbst öde und dumpf bleibt, ohne befruchtenden Keim und ohne belebendes Licht. Er entschloß sich daher, der Menschen Gesellschaft zu fliehen, und er verließ plötzlich und in aller Stille *Wittenberg*, nachdem er seine Behausung und Alles, was sie beschloß, seinem Famulus *Wagner* zur Obhut übergeben hatte. Von nun an durchstreifte er die Länder, auf Wegen, die fernab führten von Städten und Dörfern. Am liebsten hielt er sich in Wäldern und Wildnissen auf, wo er keine Stimme vernahm, als die Stimme der zürnenden Natur in den Wasserfällen und im herabstürzenden Gerölle und in dem Gebrause des Sturms und im Aechzen brechender Bäume und im Verblühen und Modern und Verwittern der Pflanzen und der Gesteine. Solche Umgebung stimmte zu seinem Innern. Was er gelebt, geliebt und genossen, es däuchte ihm nur ein Gaukelspiel äffender Freuden, ein Traum, aus dem ihn das tiefere Bewußtsein aufgeschreckt, ein Rausch, dessen bittere Folgen der Nüchterne nun schmecken sollte. – Eines Tages gelangte er auf einen Vorhügel, von welchem aus ein weites Steppen- und Dünen-Land sich ausdehnte, bis zum Meere hin, das den tiefen Hintergrund begrenzte. Er lagerte sich, müde von rastlosem Wandern, unter den Schatten einer mächtigen Linde, und sah mit düsterm Blick in die Ferne hinaus. »Das ist so recht das Bild unseres Lebens, sagte er mit Bitterkeit; hier ein kleines Plätzchen für kurze Ruhe nach langen und bangen Mühen; vor uns eine freud- und trostlose Zukunft, und am Ende der Abgrund, der uns alle verschlingt, und den sie Ewigkeit nennen.« Er saß so einige Zeit da, vertieft in schwermüthige Gedanken; die alte Lust der Selbstvernichtung erwachte in ihm wiederum. – Da gewahrte er erst, daß ein Mann neben ihm stand, und eine Frau, die ein Kindlein auf den Armen wiegte. Sein Ekel an Menschen wollte ihn anfangs weiter treiben, doch der treuherzige Gruß der beiden Leute und die engelgleiche Gestalt des schlummernden Knaben hielten ihn noch zurück. Er ließ sich in ein Gespräch ein; er erfuhr ihre Herkunft, ihre Armuth, ihre Hilflosigkeit. »Und in diesem Elend könnt und wollt ihr noch leben?« fragte Doctor Faustus. Der Mann stutzte ob dieser Rede; sie erschien ihm wie eine Gotteslästerung; er schwieg, aber aus seinem Stillschweigen sprach Trauer und Vorwurf. Faustus verstand die Meinung, und, seine Rede verbessernd, sprach er: »Ich wollte damit nur fragen, ob ihr zufrieden seid, zufrieden sein könnt in diesem eurem Elend?« Des Mannes Blick erheiterte sich wieder, und er antwortete: »Zufrieden auf Erden kann doch wol jeder sein, der ein gutes Gewissen hat. Elend aber bin ich nicht, denn ich bin gesund und kann arbeiten.« Der Doctor stand vor dem Manne, wie ein Bettler, welcher einen Reichen um Almosen anfleht. »Aber, fragte er weiter, habt ihr denn gar nichts zu wünschen mehr auf Erden?« Der Mann antwortete lächelnd: »Der Mensch wünscht ja freilich gern, und darf und soll es wol, wenn er sein Fortkommen haben will; es sei denn, daß seine Wünsche gerecht und mäßig seien. Und so laßt mich Euch nur gleich gestehen, daß ich seit der Zeit, als mir dieser Knabe geboren worden, wol auch einen Wunsch im Herzen trage, einen großen. Ich habe gedacht: baut sich ja doch jeder Vogel sein Nest, und das Thier im Walde sein Lager, darin die säugende Mutter ruhig und sicher seine Jungen hegt! Und so möchte denn auch ich gar zu gerne ein Plätzchen mein eigen nennen, auf dem ich mir meine Hütte bauen und meinen Kohl pflanzen könnte mit eigenen Händen. Hier, zum Beispiel, unter dieser schönen Linde, ei! wie stände ein Haus so sicher gegen den Sturmwind, und wie bald würde der öde Boden umher Früchte tragen zu meiner und der Meinigen Nahrung und Unterhalt! Ich wäre, traun! der glücklichste Mensch auf Erden.« Indessen war das Kind erwacht; die Mutter reichte ihm die Brust, der Vater sah dem Werke der Liebe mit stiller, froher Theilnahme zu. – Doctor Faustus hatte sich nie unglücklicher gefühlt, als beim Anblick dieser Glücklichen. Es däuchte ihn, als trete eine Thräne in sein Auge. Er wendete sich ab, stand auf, und im Weggehen warf er einen Säckel voll Geld hin, und sagte: »Kauft euch dieses Plätzchen, bauet euch eine Hütte, und lebt wohl, mit Weib und Kind.« Der Mann rief ihm Gottes Dank nach; aber ein Sturmwind, der plötzlich durch die Linde fuhr, verwehte die Worte, daß sie unverständlich verhallten.

Sechstes Kapitel.

Eines Tages trat Mephistopheles zu Doctor Faustus hin, und sprach: »Was nistet Ihr denn in Einöden, wie ein Käuzlein, und verkümmert Euer Dasein in trostloser Einsamkeit? Der Mensch ist einmal an den Menschen gewiesen, will er anders des Lebens froh sein. Kommt, ich bring' Euch wieder unter die Leute, aber unter Leute von rechtem Schlage. Die Ihr früher erwählt habt zu Euren Genossen, das waren übermütige Thoren, die sich weise dünkten, und alberne Schwätzer, die ihre eitlen Träume für Wahrheit ausgaben. Mich wundert's, wie Ihr, als ein weiser Mann, so lange dieses Gelichter in Eurer Nähe habt dulden mögen. Ganz anders sind die, in deren Mitte ich Euch nun führen will. Zwar begreift man diese Klasse Menschen unter dem Namen: Pöbel, und man will damit das Gemeinste und Niedrigste bezeichnen. Recht und genau genommen ist aber dieser Pöbel eben der Kern und das Mark des Volkes. Diese Menschen *sind* doch, was sie scheinen wollen, und sind es *ganz*. Sie haben Charakter. Und das entscheidet. Der Weise, wenn er nicht seines Gleichen findet – und wo mag er sie finden? – suchet sich geradezu den Gegenpart auf. Die Narrheit ist das Spielzeug der Klugheit, und die Thorheit die Folie der Weisheit.« So sprach Mephistopheles, der sich sofort als seinen Gesellen und fahrenden Schüler kleiden und gebärden wollte. »Es sei! sagte Doctor Faustus. Ich will einmal das Leben als ein gemeines Possenspiel ansehen, und darin die Rolle des Hanswurstes spielen. Vielleicht daß mir die Schellenkappe besser behagt und frommt als der Doctorhut.« – Sie kamen zuerst in die Stadt *Leipzig*. Als sie die Straßen durchwandelten, bot sich dem Doctor sogleich eine Gelegenheit dar zu einem lustigen Schwank, von dessen Ruf auch bald die ganze Stadt voll wurde. Es waren eben in einem Weinkeller Schröter beschäftigt, ein großes Faß heraus zu schaffen. Das sah Faustus und er schalt ihre Unmacht, und sagte: ein solches Faß könnte er allein von der Stelle bringen, wenn er wollte. Das verdroß die Schröter, und der Weinherr sagte: wenn er das könnte, so sollte das Faß Wein ihm gehören. Alsobald setzte sich Faustus auf das Faß, und, als ritte er ein Pferd, trieb er das Faß des Weges in die Straße hinaus, zu großem Jubel der Studenten, die umher standen. Faustus gab sogleich den Wein den Musensöhnen preis, die ihn zu Ehren ihres Patrons fein lustig austranken. – Bald hatte Doctor Faustus an solchen Possen und Schwänken Gefallen, denn er verachtete die Menschen, und vermeinte, daß sie weder der Liebe, noch des Hasses werth seien, sondern nur des Spottes und des Hohnes. Also trieb er sich überall umher unter gemeinem Volke, und neckte die Leute allwärts, wie ein Kobold. Man erzählt sich wunderliche Geschichten, von denen hier nur eine und die andere zu melden ist. Eines Mals – wie er denn am liebsten mit dem lockern Studentenvölklein Umgang hatte – führte er die ganze Burs auf einer Leiter nach *Salzburg* in den Weinkeller des Bischofs, wo sie sich's wohl schmecken ließen; und als sie inzwischen der Kellermeister überraschte, so entführte ihn Doctor Faustus auf eine hohe Tanne, wo er ihn bis zu Tagesanbruch zappeln ließ. – Ein anderes Mal thaten drei vornehme junge Grafen gegen ihn den Wunsch, daß sie gar zu gern auf des Bayerfürsten Sohns Hochzeit zu *München* anwesend sein möchten. Doctor Faustus wollte ihnen willfahren, jedoch unter der Bedingniß, daß sie während der ganzen Zeit kein Wort reden sollten, was sie ihm auch zusagten. Da spreitete er seinen Mantel aus, und hieß die drei Grafen sich darauf setzen, er selbst stellte sich zwischen sie. Auf Fausti Beschwörung erhob sich ein Sturmwind, der sie hinweg trug durch die Lüfte, daß sie zur rechten Zeit in des Bayerfürsten Hof kamen. Nachdem sie den ganzen Tag der Herrlichkeit zugesehen hatten, selbst unsichtbar allen Gästen, da gelüstete es am Abend einen der jungen Herren, ein überaus schönes Fräulein zum Tanz zu führen, und sprach sie deshalb an. In demselben Augenblicke rief Doctor Faustus »Wohlauf!« und er entschwand mit den beiden andern, die sich, wie er befohlen, an seinem Mantel fest gehalten hatten. Der dritte aber wurde als ein fremder, eingedrungener Gast alsogleich bemerkt, und ins Gefängniß geworfen. Doch befreite ihn des andern Tages Doctor Faustus, nachdem er die Wächter dermaßen verzaubert, daß sie in tiefen Schlaf fielen, und brachte den Grafen zeitlich nach *Leipzig* zurück.

Siebentes Kapitel.

So hatte denn Doctor Faustus wiederum so manches Jahr zugebracht in leichtfertiger Gesellschaft, deren er aber nun auch ganz überdrüssig worden. Das verhub er dem Mephistopheles, seinem dienstbaren Geiste; dieser aber sprach: »Wohlan! gefällt's dir nimmermehr unter gemeinem Volke, so suche das vornehme auf, und zieh gen Hof. Du bist von so einnehmenden Sitten und von so schöner Gestalt, dabei wohlerfahren in jeglicher Kunst und Wissenschaft, daß du dort überall ein willkommener Gast sein wirst.« Um der tödtenden Langeweile und dem innern Mißmuthe zu entrinnen, nahm Doctor Faustus den Vorschlag an, verhoffend, der Glanz und das Geräusch des Hofes werde mindestens seinen Geist betäuben, daß er unfähig sich fühle, in sich selbst und seinen eigenen Gräuel hinein zu schauen, und drob zu verzweifeln. Er begab sich zuerst an den Hof des Fürsten von *Anhalt*, der ihn auch gar gnädig aufnahm als einen Mann, den der Ruf als geschickten Heilkünstler und als einen Wohlerfahrenen in der schwarzen Kunst bezeichnet hat. Hier lebte er lange Zeit, im Kreise gebildeter Frauen und in lebhaftem Verkehr mit den Männern, die er an Curtesie überbot. Anfangs hatte er auch großes Wohlbehagen an den süßen Worten und den geschmeidigen Gebärden; aber je länger er davon kostete, desto mehr Widerwillen empfand er; denn er hatte gar bald gemerkt, daß alle die Höflichkeit nur feine Verstellung sei und eitles Gepränge. Um das täuschende Schauspiel, das sie ihm bei Hofe gegeben, dienstfreundlich zu erwiedern, beschloß Doctor Faustus, ehe er Abschied nahm, dem Herzog und allem Hofgesinde noch ein Fest zu bereiten. Er ließ während der Nacht durch seinen Diener Mephistopheles ein schönes Schloß erbauen auf dem Berge gegenüber, und dasselbe mit aller nur möglichen Pracht ausstatten und mit kostbaren Speisen und Getränken bestellen. Dahin lud er des andern Tages den Fürsten ein mit sammt seinem Gefolge, und Alle gestanden, daß sie noch nie ein so schönes Schloß gesehen, noch Köstlicheres genossen hätten. Als sie aber des Abends zurückkehrten, war es ihnen freilich im Magen so eitel und öde, wie früh Morgens; und das Schloß selbst ging in Feuer und Rauch auf. Dessen ungeachtet wurde Doctor Faustus höflich bedankt. – Von dem Hofe zu *Anhalt* aus wandte sich Doctor Faustus nach *Innsbruck*, wo so eben Kaiser Carolus der Fünfte Hof hielt, von zahlreicher und vornehmer Ritterschaft umgeben. Der Kaiser nahm ihn in allen Hulden und Gnaden auf, und erlaubte ihm, daß er, so lange es ihm beliebte, an seinem Hofe verweilen dürfte und Theil nehmen an allen Feierlichkeiten und Ergötzlichkeiten. Es war aber seit langer Zeit kein so prächtiger Hof mehr gehalten worden in der ganzen Christenheit; Turniere, Festgelage, Jagden und andere ritterliche Spiele wechselten Tag für Tag ab, und Alle, die Theil daran nahmen, verblieben in einem fortwährenden Rausche von Vergnügungen. Nur Doctor Faustus lebte in peinlicher Nüchternheit; es däuchte ihm, als sitze er vor einer Schaubühne, wo Puppen unter bunten Verwandlungen ein mannichfaltiges Spiel aufführen, und wo inmitten die lustige Person, das Schicksal, Hohn und Spott treibt. Eines Tages ließ ihn der Kaiser in sein Gemach rufen, und sprach dann zu ihm: »Es däucht mich, daß Euch die Herrlichkeit meines Hofes so wenig genug thue, als mir selbst. Wer des Großen und Prächtigen so viel erlebt und genossen hat, wie ich, dem erscheint selbst der Raum zweier Welten nur wie eine Spanne, und die Zeit, obgleich fruchtbar an Thaten und Ereignissen, nur wie ein Augenblick. Drum so thut mir den Gefallen, und hebt mich, als ein weiser Mann, eine Weile hinweg über die Gegenwart, und laßt mich einen Blick thun in die Vergangenheit und in die Zukunft! Besonders wünschte ich, den großen Kaiser Alexander zu sehen, und jenen noch größern Kaiser, von dem die Prophezeiung geht, auf daß ich mich an ihrer beiden Größe messen könne.« Doctor Faustus erwiderte: »Die Geister der Vergangenheit vermöge er nicht herbei zu zaubern, sondern nur ihre Schemen, und eben so stehe es nicht in seiner Macht, die Zukunft anders vor Augen zu stellen, als nur in Zeichen und Symbolen.« Auch damit war der Kaiser zufrieden, und sie begaben sich hierauf in das entlegenste Gemach der Burg, wo sie die ganze Nacht hindurch verblieben. Was sie jedoch dort vorgenommen, geschaut und gedeutet haben – das ist zu keines Menschen Ohren gekommen. Wol aber hat man bemerkt, daß mit dem Kaiser eine gänzliche Umwandlung des Innern vorgegangen; denn seit der Zeit an zeigte er sich still und düster und in sich gekehrt, bis er endlich von der Welt Abschied nahm, und im fernen Hispanien in ein Kloster ging, wo er starb.

Achtes Kapitel.

Bei solchem unstäten Lebenswandel hatte Doctor Faustus nun bereits die Hälfte der Jahre verbracht, die er sich durch den Pact ausbedungen. Er konnte sich wol vieler lustigen Stunden und Tage erinnern, aber keines einzigen zufriedenen Augenblicks. Er machte deshalb dem Mephistopheles bittere Vorwürfe, und schalt ihn einen Betrüger und einen Verführer von Anbeginn. Der aber lachte höhnisch und sagte: »Was können denn wir dafür, wenn dein Herz unersättlich ist, wie ein durchlöcherter Schlauch? Hat dir je unser Dienst gefehlt, noch irgend etwas, das uns zu Gebote steht auf dieser Welt? Verlange was du willst, wir geben dir's. Aber freilich, wenn du über dein Verlangen verlangest, und das Unendliche im Endlichen erstrebest, da hört unsere Macht auf, und unser bester Wille reicht nicht mehr hin. Doch getrost! es steht dir noch eine Fülle von Freuden, es steht dir die Welt offen. Dieses Deutschland macht die Menschen melancholisch; das ewige Schlemmen und Demmen kocht dickes Blut, und das eitle Speculiren und Disputiren verrückt den besten Kopf. Komm, wir führen dich in andere Gegenden, wo die Lüfte milder, die Früchte süßer, die Mägdlein reizender sind! Auf, nach Wälschland!« Kaum daß er das Wort ausgesprochen, stand schon draußen ein mit zwei geflügelten Drachen bespannter Wagen, welchen nun Doctor Faustus mit dem Mephistopheles bestieg. – Die alten Geschichten erzählen ausführlich, wie sofort Faustus durch alle Länder gefahren, alle Städte besehen, alle Weltwunder beschaut habe; ja, jenen Geschichten zufolge, sollte er sogar, unter Leitung seines dienstbaren Geistes, zur Hölle niedergestiegen, und zu den Gestirnen hinauf geflogen sein. Wir melden hier nur Folgendes in Kürze. Zuerst kam er gen Rom, die heilige Stadt, und besuchte und besah Sanct Peters wunderbaren Dom und den hohen Vatican. Auch näherte er sich dem Papst, aber freilich nicht als frommer Pilgrim, der den Ablaß begehrt, sondern als Schalk, unsichtbar, der dem heiligen Vater bei Tische die besten Bißlein vor dem Munde wegschnappte. Sodann fuhr er über See nach Konstantinopolis, wo der türkische Sultan Hof hält, und er schlich sich, ebenfalls unsichtbar, in seiner Frauen Gemach, und verübte da viel Ungebühr. Dann begab er sich nach Asia, und besuchte *Bagdad*, oder das alte *Babylon*, und verweilte unter den Ruinen, den mächtigen Zeugen einer großen Vergangenheit, aber auch zugleich der irdischen Vergänglichkeit, und des strengen Gerichtes, das über Gottlose hereinbricht. *Jerusalem*, die heilige Stadt, und das gelobte Land berührte er nicht. Mephistopheles sagte: Die Blutstropfen, die Jener vergossen, schlügen auf unter den Tritten dessen, der nicht an Ihn glaubt, als Schwefelflammen, die in sein Innerstes hineinleckten und das Herz verzehrten. – Was sollen wir weiter erzählen von seinen Fahrten durch die Welt? Je mehr er sah und erfuhr und genoß, desto schaler und fader und nichtiger erschien ihm Alles, desto weniger überraschte und befriedigte ihn, was sonst des Menschen Augenlust und Lebensmuth zusagen mag. Er zog weiter nach Süden, zum *Ganges*, und erging sich im Schatten der Platanen- und Palmen-Wälder, und zwischen den Blumenbeeten dieses unermeßlichen Gartens, um sein ausgetrocknetes Inneres zu erfrischen, und seine Sinne zu stärken an dem ewig frischen Grün und an dem balsamischen Geruche der Kräuter und Pflanzen. Er fühlte keine Erquickung. Er zog dann hinauf gen Norden, und streifte über die Schneefelder hin, und schlief zwischen den starren Eisbergen, um die innere Hitze zu dämpfen und des Blutes feurigen Strom zu löschen. Er fand keine Linderung. Er saß an den Katarakten des Nils, und leckte mit der Zunge den Wasserstaub weg von seinen Lippen, um den Durst zu stillen, der seine innerste Seele quälte. Er fand keine Linderung, keine Erquickung. Bei all den Herrlichkeiten, die er sah und genoß, war es so weit mit ihm gekommen, daß er die gemeinsten Genüsse der gemeinsten Menschen entbehren mußte; so sehr waren seine Sinne überfeinert und abgestumpft. In einer Anwandlung von Verzweiflung verdingte er sich zu der schweren Arbeit des Pflugs, um nur zu erfahren, wessen er sich noch von seiner Jugendzeit her erinnerte, wie lieblich das tägliche Brod schmecke dem Hungernden. Und ein ander Mal verkaufte er sich als Sklaven an eine Karawane, und durchzog die Wüste Wochen und Monate lang, auf daß er erfahre, wie köstlich ein Trunk Wassers schmecke dem Durstigen. So mußte der Unglückselige zuletzt sich durch selbstauferlegte Qualen Genüsse bereiten, welche der Dürftigste in seiner armseligen Hütte, und der heimatlose Bettler auf der Gemeinstraße findet. – Mephistopheles that alles Mögliche, um ihn bei gutem Muthe zu erhalten, befürchtend, es möchte bei der Dürre und Leere seiner Seele eine Ahnung und eine Sehnsucht in ihm aufkommen nach dem Urquell, der allein erquicken, lindern und ersättigen kann. Doctor Faustus folgte zuletzt dem zudringlichen Geiste bewußtlos und willenlos, wohin er ihn führte. Er sah nicht mit offenen Augen, er hörte nicht mit offenen Ohren, es war ihm, wie einem, dessen Gehirn von fieberhaften Träumen beunruhigt und gequält wird. Seltsame Gestalten umgaukeln seine Sinne in wilder Un-ordnung; glänzende Erscheinungen verlocken ihn; doch wie er sie zu erhaschen wähnt, grinsen ihn gespenstige Larven an; er keuchet Berge hinan, und versinket in Abgründe; er durchflieget die Lüfte, und die Wogen des Meeres begraben ihn; der Schacht erschließt sich mit seinem glänzenden Metall und Gestein, aber plötzlich zuckt eine Flamme auf, und verwandelt all den Glanz in Moder und Staub; und wenn er erwachet, ist ihm von allem dem nichts geblieben, als eine verworrene Erinnerung und eine Ermattung bis zur Ohnmacht des Todes.

Neuntes Kapitel.

Nach einem zehnjährigen wüsten Umhertreiben in fremden Gegenden kehrte Doctor Faustus wieder in die deutschen Lande zurück. Die süßen Laute der Muttersprache, die heimatlichen reinlichen Städte, die einfältigen Sitten des Volkes, sie erweckten in ihm eine mit Wehmuth gemischte Freudigkeit, und seine Seele holte zum ersten Male wieder Athem. Es däuchte ihm, als ob er von einer langwierigen, schmerzhaften Krankheit genesete. Doch dauerte dieser Zustand nur kurze Zeit. Der Siechthum seiner Seele hatte die edelsten Theile verdorben und verzehrt, und er konnte sich schon der unangenehmen Empfindungen nicht anders erwehren, als daß er sich neue und immer gesteigerte Genüsse bereitete und sich damit betäubte. Aber wo diese suchen und finden? Er hatte ja Alles erfahren, Alles durchgenossen, was die ganze weite Welt an Freuden darbietet, und es war ihm nichts Neues, nichts Wünschenswerthes mehr unter der Sonne. In diesen mißmuthigen Gedanken durchschweifte er wiederum, wie ehemals, die Einöden, die Wälder, die Gebirge, und vermied die Gesellschaft der Menschen, ja selbst seines dienstbaren Geistes. – Eines Tages befand er sich an der Küste des Meeres. Weite unfruchtbare Steppen und Sandhügel zogen sich landabwärts. Keines Menschen Tritt hatte sich je noch dahin verirrt; nur Schlangen und andere Gewürme nährten sich in den einzelnen Pfützen, und Möven und Raubvögel der Wüste flatterten kreischend drüber hinweg. Da hatte er den Einfall, zu wünschen, daß diese wüste, weite Gegend in ein Zaubergelände verwandelt werde, mit dem Ausbund aller Herrlichkeiten versehen, welche die Welt in sich begreift, an seltenen Bäumen, kostbaren Früchten, an Blüten und Geträuchen von den feinsten Düften und buntesten Farben; und mitten inne sollte ein Palast stehen, der an Kostbarkeiten, an Gold und Edelgestein, an Statuen und Gemälden Alles vereinige, was das große Rom und das schöne Griechenland je aufgewiesen hat. Und es geschah. Der Fürst dieser Welt, zu dessen Dienst er geschworen, schien alle seine Schätze erschöpfen zu wollen, um dieses irdische Paradies zu schaffen für seinen Diener. Es war das Galgenmahl, das er ihm bereiten wollte. Doctor Faustus fühlte sich auch in dieser neuen, überraschenden Umgebung so glücklich, daß er mindestens seines Unglückes auf Stunden vergaß. Sogar die Sehnsucht nach einer Lebensgefährtin erwachte in ihm. Indem er jedoch unter den schönen Töchtern der Erde, deren er sich erinnerte, Musterung hielt, konnte er keine unter allen finden, die seinem Geschmacke Genüge gethan hätte. Nun befand sich aber unter den Statuen, die seinen Palast zierten, auch die der *Helena* aus Griechenland, der schönsten aller Frauen, um derentwillen das mächtige Troja zerstört worden. Mit Wohlgefallen betrachtete er oft das liebliche Bild; er bewunderte die Schönheit der Glieder, die Anmuth der Formen; er entbrannte so sehr in Liebe gegen die zauberische Gestalt, daß er wünschte, sie möchte Leben gewinnen und in seine Umarmung sinken. Und es geschah abermal, was er gewünscht hatte. – Uebergehen wir die folgenden Tage, in welchen Doctor Faustus, von sinnlichen Taumel hingerissen, Feste der Hölle feierte. Wir treffen ihn wieder, wie er einsam wandelt durch die Gebüsche des Zaubergartens, Blumen zerpflückend und Schmetterlinge zerstampfend. Er schreitet zuletzt einen Vorhügel hinan, von dem aus er sich eine schöne Aussicht versprach über sein reizendes Gelände bis ins weite Meer hinaus. Eine ärmliche, aber reinliche Hütte stand hier, und umher lag ein kleines, aber wohl bebautes Feld. Kaum hatte sich Doctor Faustus niedergelassen auf der Bank, als ein betagter Mann herbeikam aus der Hütte, und gleich darauf sein Weib. Sie begrüßten ihn, und boten ihm Erquickung an, Milch und Brod. Auf Faustus' Befragen nach ihren Umständen, erzählte der Mann, daß vor ungefähr zwanzig Jahren ein fremder Herr, den sie hier nach Gottes wunderbarer Fügung getroffen, ihnen so viel Geld geschenkt habe, daß sie diesen Platz hätten an sich kaufen und eine Hütte daraus erbauen können. – Doctor Faustus erinnerte sich hier jenes Auftrittes, den er in seinem wüsten Weltleben längst vergessen hatte. – »Sie hätten dann,« fuhr der Mann fort, »in Gottes Namen zu wirthschaften angefangen, und der Himmel habe ihre Arbeit so gesegnet, daß sie nie mit Sorgen zu Bette gegangen, und nie ohne Hoffnung aufgestanden seien.« – Doctor Faustus faßte den Mann und das Weib näher in's Auge, und ihr gesundes frisches Aussehen und ihr zufriedener Blick bestätigten die Aussage des Mannes. – Indessen kam auch ihr Sohn herbei, mit der Karste auf der Schulter, ein blühender Jüngling; mit ihm eine Jungfrau von lieblichem Ansehen. – »So haben wir denn,« erzählte weiter der Mann, »unser Leben mit Gottes Gnade in Frieden und Freuden zugebracht, und nun gedenken wir das Gütlein diesem unserm Sohne abzutreten, damit er sich seine Braut heimführen könne. Die Hütte hat schon Platz für uns Alle, und der Boden wird uns fortan ernähren, so lange Eintracht und Genügsamkeit in unserer Mitte herrschen.« – Der Jüngling hatte seinen Arm um das Mädchen gelegt, und sein Auge ruhte mit Wohlgefallen auf ihrem lieblich erröthenden Antlitz. Doctor Faustus fühlte sich seltsam bewegt; seine Brust ward ihm beklommen, sein Auge feucht; er konnte vor innerer Unruhe nicht mehr bleiben, und ging fort ohne Abschiedsgruß. Am Abhange des Hügels blieb er stehen; er überschaute hier nochmals sein Zaubergelände: es trat wunderbar groß und herrlich hervor in der goldenen Beleuchtung der Abendsonne. Da stieg in ihm, fast unbewußt, der Gedanke auf: wie so gar wohlgelegen wäre mein Schloß dort oben an der Stelle der schmutzigen Hütte! Und in demselben Augenblicke, kaum daß er's gedacht, prasselte es hinter seinem Rücken wie eine Feuersbrunst, und als er sich umwandte, sah er die Hütte in vollen Flammen, und er sah jene armen Menschen sich flüchten, wie erschreckt durch ein Gottesgericht, händeringend und laut jammernd. Nachdem Doctor Faustus einige Zeit lang in dumpfer Bewußtlosigkeit gestanden, und nun aufschaute, da erblickte er, wie er's gewünscht hatte, an jener Stelle seinen Palast. Er betrat ihn nicht wieder.

Zehntes Kapitel.

Durch das letzte Ereigniß wurde Doctor Faustus in seiner innersten Seele erschüttert. Ein Glück, das er guten Menschen bereitet, hatte er selbst zerstört, und die ihm gedankt, die für ihn gebetet, sind durch seinen frevelhaften Wunsch in die äußerste Armuth, in namenloses Elend gebracht worden. Er fühlte, daß sein Athem Pest sei und sein Wort Fluch jedem Menschen, der sich ihm näherte in Zutrauen und in Liebe. Er sah ein, daß er mit der Welt abschließen müsse. Der Becher der Wollust war ausgeleert, und es blieb ihm nur noch die Neige über, die bittere Hefe. Er wollte sie allein ausschlürfen in Abgeschiedenheit, damit nicht ein Tropfen verschüttet werde, der vielleicht, als Naphtha, verzehrende Glut verbreitete über die Hütte des Gerechten und das Hochzeitskleid der Brautleute. Er begab sich zurück nach *Wittenberg* in seine Behausung, die inzwischen von seinem Famulus *Wagner* unter Beschluß gehalten worden, und er nahm sich vor, sie nie wieder zu verlassen, und der Menschen Umgang auf immer zu meiden. Er fand seine Werkstätte und seine Bücherei, wie er sie vor Jahren verlassen hatte. Welche Erinnerungen stiegen in ihm auf! Jener jugendliche Hochmuth und Frevelmuth, wie erschienen sie ihm nun so thöricht, so verdammlich! Wie bitter fühlte und beklagte er's, daß er sich um sein ganzes Leben, um seines Lebens Glück betrogen habe! Ach! wäre es blos um ein Leben, um eines Lebens Glück gewesen! Aber vor seinem Auge, das bisher von der Hoffart des Geistes und von der Weltlust verblendet war, fielen nun die Schuppen ab, und es that sich vor seinen enttäuschten Sinnen die Ewigkeit auf mit ihren lichten Bergeszinnen und ihrem finstern, schauerlichen Abgrund. »Es ist ein Gott!« rief er aus, und bebte. »Es ist eine ewige Vergeltung!« seufzte er und zitterte. Alle jene Zweifel an das Ewige und den Ewigen, die ihm früher der hochmüthige Verstand vorgegaukelt und die sinnliche Neigung gutgeheißen, sie verschwanden, wie ein nächtliches Blendwerk verschwindet vor dem ausgehenden Lichtstrahle. Er erkannte nun die Wahrheit, und doch glaubte er nicht, denn es fehlte seinem Herzen an Reinheit, an Demuth und Vertrauen. Er glaubte, aber wie die Teufel, welche bekennen und erzittern. In einer schlaf- und trostlosen Nacht holte er die Bibel, die bestaubte, aus dem fernen Winkel hervor. Er erinnerte sich noch dunkel, daß er in seiner Tugend so manche weise Sprüche, erbauliche Gleichnisse und Geschichten voll tröstlichen Inhalts gehört und gelesen habe; er hoffte, daß sie seiner Seele voll Wunden und Beulen wenigstens Linderung verschaffen möchten, wo nicht Heilung. Aber, sieh da! wo er ein Blatt aufschlug oder eine Seite überlas, da begegneten seinem Auge überall nur Worte des Fluches gegen die Sünder und gräuelhafte Geschichten gottloser Menschen: von *Cains* Brudermord bis zu *Iscarioths* Verrath; und allerorten fand er nur Spuren der Gerichte eines zürnenden und strafenden Gottes. Er stellte mit Entsetzen das Buch zurück. Dann sprach er: »Ich fühl's: Gott hat mich verlassen, und der Himmel ist mir verschlossen. Ich will, ich darf nicht rechten mit dem ewigen Richter, denn ich selbst hab's gewollt, ich hab's verdient.« Er versank eine Weile in dumpfe Verzweiflung; dann aber, von Stolz und Ingrimm getrieben, raffte er sich auf, und rief: »Wohlan! kann ich den Himmel nicht erstürmen, so will ich mindestens die Hölle bewältigen. Der Fürst der Welt, dieser Lügner von Anbeginn, wie ein Wurm soll er sich unter mir krümmen, bis er, durch Schmach geknechtet, mich los und ledig spricht des eingegangenen Pacts.« Und er nahm alsobald seine Zauberbücher vor, und ersann sich den furchtbarsten Höllenzwang. – Eine alte Sage meldet: Mephistopheles sei dem Faust bei der ersten Beschwörung in der Gestalt eines Hundes erschienen. Das ist gar wohl glaublich, denn der Teufel, wenn er eine Seele ganz und gar bethören und verderben will, tritt anfangs in kriechender Unterthänigkeit auf; später setzt er sich auf gleichen Fuß mit dem Menschen, dem Scheine nach als guter Geselle; zuletzt aber, nachdem er immer mehr an Macht gewonnen, spielt er ganz und gar den Meister und Herrn. Das hat Doctor Faustus erfahren, wie wir aus der Geschichte ersehen. – Als er nun die Beschwörung gethan, da erschien nicht, wie er gehofft, sein dienstbarer Geist, sondern unter betäubendem Feuerqualm und Donnergeroll der Fürst der Unterwelt selbst. Und als geschähe es zum Spotte seinen zauberischen Kreisen, es umzog ihn selbst mit Gespinnst, wie mit Fäden einer giftigen Spinne, daß ihm der Athem stockte und schier die Besinnung verging. Und das Ungethüm sprach: »Erdwurm, was erfrechest du dich,

deinen Meister meistern zu wollen? Fühle meine Macht, und verzweifle in namenloser Qual.«
Doctor Faustus rief aus: »Den Leib kannst du mir tödten, Verfluchter! aber nicht meine Seele,
die unsterbliche.« Und es legten sich die Kreise, wie Schlangen, immer enger und dichter um
seinen Leib, und sie brannten, wie glühende Schwefelfäden, in seinem Fleische, und er erstickte
vor Jammer, und sein Herz brach. In dieser Todesbetäubung fand ihn des andern Morgens sein
Famulus *Wagner*.

Eilftes Kapitel.

Es wohnte noch zu derselbigen Zeit in *Wittenberg* ein frommer Prediger, der seine Lust hatte, bei Sündern einzukehren, und seine Freude, ihnen die frohe Botschaft zu verkünden von den Erbarmungen Gottes in seinem Sohne. Als dieser von der Ankunft des berüchtigten Schwarzkünstlers gehört, und von dem damaligen traurigen Zustande und dem baldigen, kläglichen Ende desselben, da begab er sich eines Morgens zu ihm, ungerufen, und trat vor ihn hin mit der Miene und Rede des wohlwollenden Arztes, der dem Kranken Heil zu bringen sich vermißt. Doctor Faustus aber empfing ihn, wie einer, der an seiner Rettung verzweifelt, mit niedergeschlagenem Blicke und in dumpfem Stillschweigen. Nachdem der Prediger eine Zeitlang ihm zugeredet, und ihn ermahnt hatte, daß er den ihm von Gott anvertrauten Schatz, die unsterbliche Seele, retten möge vor der ewigen Verdammniß, da seufzte Faustus tief auf und sprach: »Ach, ich bin ein zu großer Sünder, als daß ich Barmherzigkeit erlangen könnte.« Der Prediger antwortete: »Ja, ein Sünder bist du, ein großer; und darum soll dir auch widerfahren, was Gott dem Sünder zugesagt hat: Gnade und Vergebung.« – »Ich bin verflucht, auf ewig verflucht!« rief Faustus. »Ja, sprach der Prediger, du trägst den Fluch der Sünde auf dir, aber eben darum suche Segen in Christo.« – »Meine Schulden sind zu groß, als daß sie mir vergeben werden könnten,« sagte Faustus. – »Sie sind ja freilich groß, deine Schulden, versetzte der Prediger, aber Gottes Barmherzigkeit ist noch größer. Drum rufe aus mit David dem Sünder: Gott! sei mir gnädig nach deiner Güte, und tilge meine Missethat nach deiner großen Barmherzigkeit.« Diese Worte des frommen Mannes fielen wie milde Sonnenstrahlen in die Seele des Zerknirschten, und schmelzten die Eisrinde, die sich um sein Herz gelegt hatte. Er fing an mit aller Aufrichtigkeit und Reumüthigkeit zu bekennen und zu beichten, wie er im Frevelmuthe Gott und Gottes Geboten Gehorsam aufgesagt, und dem Teufel und dessen Rathschlägen sich ergeben habe; wie er sodann im Dienste des Bösen und in ruchloser Gesellschaft viele Jahre ein wüstes, lasterhaftes Leben geführt und bis auf die letzte Zeit darin verharrt sei; und wie er nun, am Ende seiner Tage und am Vorabend seines Unterganges, seine große Schuld- und Sündhaftigkeit erkenne, aber auch ohne Hoffnung der Verzeihung und der Errettung an seiner Seele und Seligkeit zu verzweifeln versucht werde. Er that dies Bekenntniß mit allen Zeichen eines bußfertigen Herzens, und nachdem er geendet, richtete er auf den Prediger einen Blick, in welchem sich die Erwartung aussprach des letzten Urtheils, der Verdammung oder der Begnadigung. Der fromme Mann nahm das Wort und sagte: »Höre! Mir ist eine ähnliche Geschichte verkündet worden von einem Jüngling, der gleichen Frevel begangen hat. Dieser trat eines Tages vor seinen Vater hin, und sagte: Gib mir mein Erbtheil. Als er das erhalten, zog er in ein fernes Land, und verschwendete dort sein ganzes Vermögen durch ein üppiges Leben. Nun entstand aber in demselben Lande eine große Hungersnoth, und er fing an, Noth zu leiden. Da ging er hin, und verdingte sich an einen Bürger desselben Landes, und dieser sandte ihn auf sein Landgut, die Schweine zu hüten. Gern hätte er da seinen Hunger mit den Trebern gestillt, welche die Schweine fraßen, aber Niemand gab sie ihm. Da ging er in sich, und sprach: wie viele Taglöhner sind im Hause meines Vaters, die alle Brod im Ueberflusse haben; und ich muß hier vor Hunger sterben . . .« Faustus hörte mit steigender Aufmerksamkeit zu; es trat eine Erinnerung hervor aus alten Tagen; es waren Worte, Gefühle, die er in seiner Jugend gehört, empfunden hatte; es erwachte sein Gemüth aus der todtähnlichen Betäubung, und wie mit prophetischem Geiste fiel er jenem in die Rede, und fuhr fort, die Geschichte zu erzählen mit Andacht. Und er sprach: »Ich will mich aufmachen, und zu meinem Vater zurückkehren, und zu ihm sagen: Vater! ich habe gesündigt wider den Himmel und an dir; ich bin nun nicht mehr werth, dein Sohn zu heißen; halte mich nur wie einen Taglöhner.« – In demselben Augenblicke aber, als er dies sprach, durchfuhr ihn ein plötzlicher Schauer; seine Hände, die er gefaltet hatte, zuckten krampfhaft auseinander; sein Auge sah mit starrem Blicke hin in eine Ecke. »Weh mir! rief er aus; er kommt! er droht! er erwürgt mich!« Und schon war es mit seinem Bewußtsein geschehen. Sein Famulus eilte auf den Ruf herbei. Der Prediger selbst wurde von einer Beängstigung ergriffen, wie von einem betäubenden Qualm der Hölle, die ihn nicht mehr verweilen ließ in dem Hause des Entsetzens.

Zwölftes Kapitel.

»Die 24 Jahre des Doctor Fausti waren verloffen, und eben an dem letzten Tage derselben Woche erschien ihm der Geist, überantwortete ihm seinen Brief oder Verschreibung, und zeigte ihm darneben an, daß er auf die andere Nacht dem Tod und Teufel verfallen sei, dessen er sich zu versehen habe. Da nun Doctor Faustus seines Lebens Ende so nahe und gewiß sah, so schickte er zu seinen Bekannten, Magistris Baccalaureis und andern Studenten mehr, die ihn zuvor besucht hatten; die bittet er, daß sie mit ihm in das Dorf *Rimlich*, eine halbe Meile Weges von *Wittenberg* gelegen, wollten spazieren und allda mit ihm Mahlzeit halten; was ihm die Gesellen auch zusagten. Nachdem nun das Nachtmahl eingenommen war, bat Doctor *Faustus* die Studenten, sie wollten mit ihm in eine Stube gehen, er hätte ihnen etwas zu sagen. Das geschah. Doctor Faustus sprach also zu ihnen: »Meine liebe Vertraute und ganz günstige Herren! Warum ich euch berufen habe, ist dies, daß euch viele Jahre her an mir bewußt, was ich für ein Mann war, in vielen Künsten und Zauberei erfahren. Es sind aber diese nirgends als vom Teufel hergekommen, zu welcher teufelischen Lust mich auch Niemand gebracht, als mein Fleisch und Blut, mein halsstarriger und gottloser Willen und meine stolzen, hochfliegenden Gedanken, welche ich mir vorgesetzt. Daher ich mich habe dem Teufel versprechen müssen, nämlich, daß ich ihm nach 24 Jahren verfallen sei. Nun sind solche Jahre bis auf diese Nacht zum Ende gelaufen, und es stehet mir das Stundenglas vor Augen, das ich gewärtig sein muß, wenn es ausläuft. Darum habe ich euch, freundliche, günstige, liebe Herren, vor meinem Ende zu mir berufen, und mit euch einen Johannes-Trunk zum Abschied nehmen wollen, daß ihr meines Hinscheidens Zeugen sein möchtet. Bitte euch hierauf, ihr wollet alle die Meinen, und die meiner in Gutem gedenken, von meinetwegen brüderlich und freundlich grüßen, daneben mir nichts für übel halten, und wo ich euch jemals beleidiget, mir solches herzlich verzeihen. Was aber die Abenteuer belanget, die ich in solchen 24 Jahren getrieben, das werdet ihr Alles nach mir aufgeschrieben finden, und laßt euch mein gräulich Ende euer Lebtag ein Fürbild und Erinnerung sein: daß ihr wollet Gott vor Augen haben, nicht von ihm ablassen, und von ihm abfallen, wie ich gottloser und verdammter Mensch, der ich abgesagt habe der Taufe, den Sacramenten, Gott selbst, einem solchen Gott, der nicht will, daß einer sollt verloren werden. – Endlich nun und zum Beschluß ist meine freundliche Bitte: ihr wollet euch zu Bette begeben, mit Ruhe schlafen und euch nichts anfechten lassen, auch wenn ihr ein Gepolter und Ungestüm im Hause höret. Und so ihr meinen Leib todt findet, so lasset ihn zur Erden bestatten. Denn ich sterbe als ein böser und guter Christ; als ein guter Christ, darum daß ich eine herzliche Reue habe, und im Herzen immer um Gnade bitte, damit meine Seele errettet werden möge; als ein böser Christ, was ich gar wohl weiß; und ich will ja gern dem Teufel Leib und Leben lassen; er möge nur, Gott geb'! mir die Seele zufrieden lassen. Und nun verfüget euch dann zu Bette, und habt eine gute Nacht.« Diese Studenten und gute Herren, als sie Faustum gesegneten, weineten sie und umfingen einander. Doctor Faustus aber blieb in der Stube, und da die Herren sich zu Bette begeben, konnte keiner recht schlafen; denn sie den Abgang wollten hören. Es geschah aber zwischen zwölf und ein Uhr in der Nacht, daß gegen das Haus her ein großer ungestümer Wind ging, so das Haus an allen Orten umgab, als ob Alles zu Grunde gehen, und das Haus zu Boden reißen wollte. Die Studenten lagen nahe bei der Stube, da Doctor Faustus inne war. Sie hörten ein gräuliches Pfeifen und Zischen, als ob das Haus voller Schlangen, Nattern und anderer schädlicher Würme wäre. Indem hub an Doctor Faustus um Hilfe zu schreien, aber kaum mit halber Stimme. Bald hernach hörte man ihn nicht mehr. Als es nun Tag ward, und die Studenten die ganze Nacht nicht geschlafen hatten, sind sie in die Stube gegangen, darin Doctor Faustus gewesen war. Sie sahen aber keinen Faustum mehr. Letztlich aber funden sie seinen Leib draußen auf dem Mist liegen, welcher gräulich anzusehen war. Diese gemeldte Magistri und Studenten, welche bei des Fausti Tod gewesen, haben so viel erlangt, daß man ihn in diesem Dorf begraben hat. Darnach sind sie wiederum hinein gen *Wittenberg*, und in Doctor Fausti Behausung gegangen, allda sie seinen Famulum, den *Wagner*, gefunden, der sich seines Herrn halber übel gehub. Sie fanden auch diese, des Fausti Historiam aufgezeichnet, und von ihm beschrieben, wie hievor gemeldet, alles außer sein Ende, welches von obengenannten Studenten und Magistris hinzugethan. – Also endet sich die ganze wahrhaftige Historia und Zauberei Doctor Fausti, daraus jeder Christ zu lernen, sonderlich aber diejenigen, welche eines hoffärtigen, stolzen, fürwitzigen und trotzigen Sinnes und Kopfes sind, der Welt, dem Teufel und seinen Werken abzusagen, Gott dem Herrn aber allein zu dienen, und ihn zu lieben von ganzem Herzen, von ganzer Seele und aus allen Kräften, damit sie Christi Verdienste theilhaftig, und mit ihm endlich ewig selig werden mögen. Amen!«

www.ingramcontent.com/pod-product-compliance
Lightning Source LLC
LaVergne TN
LVHW012316200726
843506LV00024B/2440